幸福。

陳綺 著

跟著您的足印
我不再變得渺小
想念，在我心裡彈奏著
您喃喃細語的叮嚀
您的力量，創造我生命的價值
如果能窺視天堂
我急躁地等候許久

我最　最親愛的您

我會為了您，永遠綻放著
而不是為了要佔有這世界

過去的只能珍惜
未來的只能輕輕擁抱
現在的我，試著幸福
不再害怕冷冷的雨水
更不會錯過，豔麗的雲彩
一步步走向溫暖的陽光
承諾過您的一切
將永遠不會改變
從現在起
請您放心飛吧！

序（一）

幸福的果實〔讀幸福感言〕

很高興再次，陳綺又出版了第三本好書《幸福》。有別於前二本，陳綺筆法更為動容，筆觸更為獨到。反覆閱讀後，您更能了解作者內心世界，洋溢著充滿幸福的感受。

愛是詩的背景，而唯美浪漫的情懷則在陳綺的作品中扮演最重要的角色。從《最美的季節》直到《幸福》一一翩然問世的同時，可以發現，她對於詩詞文學的熱愛，藉由生活中的點點滴滴，運用淺顯易懂的文詞，將情感表達的淋漓盡致，述說著多少人對愛的那份執著。如……

相愛總是最美好
一再想送給你的只是
我長長的一輩子

把心裡的感動
劃過時空　飄向
離我最遠的你
我對你從此有了更多的呵護
期待你也知道

我好幸福

和你一起分享
長途旅行中的好風好景
用愛情的密度
相互溫習
每天必保存的回憶

為你獻上我最後一次心動
決定不離開你，緊靠你身旁
我們是那麼深深相戀

你已看見，我雙眼垂淚的相對

以為，幸福在無垠的天空
微微訝異的我，聽見你說
我們的佳期已近

因為詩中有愛，愛裡有心。她將幸福的果實，用詩的藝術形式，無限美好的創造力，充分展現於她的作品中。
希望喜歡詩詞的朋友，也能一同感染這份幸福，將幸福傳達給每一個等待幸福的人。

分享之～～

林建良　2005

序（二）

讀幸福，感受幸福的滋味

距離，環境，社會已漸漸改變。但，這些的變化在陳綺的身上根本不存在。她始終表裡如一。她那與生俱來的洋溢才華和後天的努力，淋漓盡致地發揮在創作生涯。

這是陳綺第三本作品。簡短的篇章，生動的內容，恍如自生於美麗的圖騰中。許許多多幸福洋溢的語調，字裡行間。陳綺的詩就像一盞明燈，隨時照耀著我們。只要讀過一遍，那些深情的句子在心中不斷迴盪。如這篇《誓》……

你款款情深
甜蜜地蟄伏在
我千絲萬縷

星星已殞落
不凋零的愛
任由我們生死相許

她的詩也就像寒風中的雨絲。勾勒出你我幾乎要遺忘了的過往。陳綺從不把文字加以雕飾卻情真意濃。讓人忍不住靜下心再三閱讀‧她多愁善感的詩心，把人與人之間的維妙緣份表露無疑。所有文學作品中。詩最能代表一個人的細心與智慧。陳綺在文學的領域一步步走著。她用創作的體認去發現，創造，一篇篇有彩色的詩。

讀幸福，感受幸福的滋味，我們一起期待再未來，陳綺將帶給我們充滿心動豐富內涵的文學詩歌享受。

韓渝如　2005

序（三）

真感情，真幸福

看過陳綺二本詩集之後，我們都知道《最美的季節》是一本非常青春浪漫的詩集。而《相遇》則是充滿了放下，包容，感激，也是淒美多采的一段段故事。

這二本詩集大致上，故事的內容並沒有圓滿的結局，大家都期待著下一本或許陳綺，從迷戀，熱戀，苦戀，失戀寫到完美的故事。果然歷經了《最美的季節》和《相遇》風風雨雨之後《幸福》如我們所願。畢竟，科技文明的發展迅速，反而這世界幸福的人越來越少。藉由陳綺筆下的自然用語，能撫慰對愛情不安，寂寞，焦躁的人們。

讀詩是一種美，寫詩是一種境界，讀陳綺的詩，更是到了一個記憶，青春，愛情混合的國度。每一首詩中意味著，陳綺無論對生活或對愛情總是不滅的熱情與樂觀。每每讀陳綺的詩，隨著詩中浪漫的精緻句子，沉醉在詩境中……

天使無從阻擾
已為你緊緊扣住了的弦

用最美麗的方式
讓眼淚流下
做為牽動愛情的尺尺寸寸

我不再踏出，永不再踏出
從你強烈的相思

久違的目光
帶來十二個季節

陽光與花包目送
有限青春歲月

星星是夜晚
無法譜成一首歌曲的落寞

愛情的軌跡
默守六月的滿星

我會尊守無聲地哭泣
重視你為我編織的童話

我開始輕踩

你說過的幸福
無法拒絕
你所謂的愛情天堂
綿密的天寒地凍
包圍世事的蒼茫

我們在部份佳句舉例看到，陳綺筆法自然，生動，輕巧令人動容。她一直保持著甜美的詩風格，不華麗不做作，這和她的個性十分相似。很欣賞陳綺詩中的那股生命力，她總是用冷靜，客觀的角度來看愛情中的錯綜景象。

如果你是陳綺的忠實讀者，或者你不是她的忠實讀者，當你讀到《幸福》這本詩集，你將感染到詩中那份喜悅。因為，所有真感情真婚姻真幸福，陳綺都溶入在這本詩集中。

林夢蘋　2005

短短情詩
點燃滿滿的幸福
願世間
情深勝海
緣深無盡
愛深世世

《卷一》

幸福

生命這齣戲正尾聲
未謝幕之前
讓幸福短暫停歇

幸福

不知道你花了多少個青春
細心點燃幸福的光芒
生氣盎然的浪漫，清楚劃過
我心底的芬芳
掩蓋不住的愉悅
大聲宣告對愛的堅定

NO
VEHICLES
ALLOWED
JAZZ

秋意

你問我
是誰最早
把愛帶進
我們的世界
我說
是秋意

兩顆深愛的心
在天地間相遇

025

026

命運

我幾乎要接受，為我守望的夢
這世界並沒有太多的邪惡
你的出現是天意
而我的愛是注定

相約

多少次的凝視
甜蜜的時光
一瞬一息的點滴
相見的喜悅
即將來臨的幸福
不都是我們前世的相約

初戀《二》

寫愛的情書
夢一般的初戀
被青春焚燒一場
不滅的繾綣

初戀《二》

回聲旋轉
神秘的初戀
不被翻閱
你回眸的那一次
留下滿滿的記憶

遇

在繁華的街頭
與你擦身而過
陰暗的夜風中
寂寞　落葉般消失

033

消息

漂浮的日子
努力走過你繽紛的夢境
總是為了昨日的預言
我必須重複探尋
你默默存在的消息

流星

思念湧動
充滿迷惑的情緒間
星光燦爛時
你夢幻般的愛情
在天際一閃而逝

面對

思慕是萬年碎成的勾勒
輕輕放下無意圖的昨日
面對另一個駭浪驚濤
等待你無意擦肩而過

別字

我們將記取
歲月給予的
錯綜難題

夢境啟示春去春來的真相
星星不再用絕望的姿勢
牽引那未知的宿命
愛是美麗的幸福的別字

解嚴

溫暖的燈下
記憶的傷口
釋放剩餘的落寞

眼角的淚痕
企圖追逐
你身處的時空

夢別

未乾的淚，隨心所欲
時間長欄下
瀰漫著
你無限的依戀

蝶戀

總是在追逐
你最常出現的地方
在悠悠的相望中
我堅持不遺忘你
狂雨荒寂的滄桑　撫拭
你存在的星空

思念

歲月的每一張日記
數不清
你為我留下了多少個回憶

每一個等待
在弱不禁風的飄渺中
無休止地存在

風與雲的痴情

你的思念太遙遠
只流露在短短信箋

雨季即將來臨
我最初的痴狂
堅毅承載
你嬌柔的鐘情

047

使命

微風漸行漸遠
歲月折傷獨留的情怯
一個陌生的想念
預言過的相遇
匯聚在，不曾改變的使命

維繫

深秋夾雜著
起伏多樣的風貌
我們路過吐露芬芳的白花林
愛的感覺捲席
漸離漸遠的歡笑

今生，我們還要繫手走過
多少個相思

假如

我常常留戀
覆蓋回憶的航程

假如，幸福悄悄落下
我不再無視於
光芒萬丈的永恆

痴

記憶點醒
感情的陳年
想你的每一刻
溢滿詩情

固執地深埋
我美麗的情愁
火焰交織的愛
燦爛你我的生活

自由

我們已前往不能遺忘的歸途
慾望在流失的時間中停止
被釋放的愛情
尋找追夢者的身世

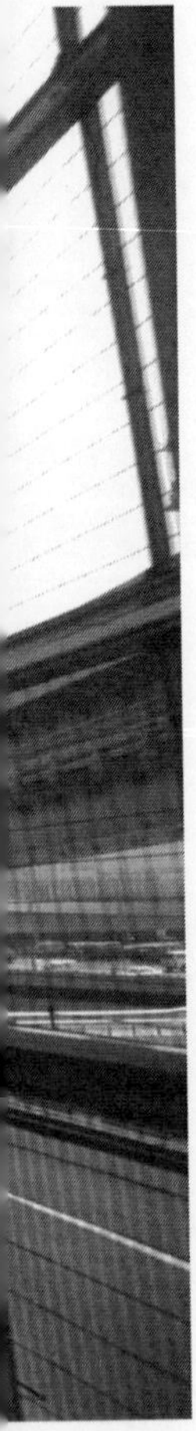

16

旅程

你已在我看不到自己的時間的旅程
默默撫平不斷翻騰的思緒
沿途的事態，判讀
每一過往的起伏

夕陽

輕觸你無須知道的動盪
因為我沒有特意獨行的理想
天使也知道
你愉悅的光
無處不在

星辰

任夜色點亮
我們的世界
拒絕孤獨，纏繞盤旋
我夢所不及之處
一個希望
再次復活

接近

不確定的夢
似曾相識
每一步足跡　接近
另一段歷程
每一段歷程　接近
你輕輕的呼喚

最初的夢

你會不會錯過
當黃昏的道路
等待秋季的落葉

如果死亡像玫瑰般嬌艷
讓我夢見無法所望的芬芳

陷

追憶失調的記憶
翻閱行囊中
永不幻滅的繾綣
悲喜交錯的瞬間
苦澀的眼淚已落入
你多情的漩渦

心事

等待你倉促擁抱
如何向你傾訴
我的愛慕
沒有半字句可以先知
想念與悲傷之間的奇妙滋味

情弦

你最愛看
海一邊的遠方
累積太久的思念，正蔓延
天使無從阻擾
已為你緊緊扣住了的弦

零距離

愛情是餘痛中的光輝
天使要我們感受
零距離的溫暖與安定
讓你我幸福的眼淚
滴落在無邊際的視野

思慕

放送我內心的獨白
孤獨也是快樂也是
灰暗一如往常

愛情無終止的音符
伴你一生伴我一世

071

一輩子

告訴你一切
一種令人沈淪而難以忘懷的迷戀
相愛總是最美好
一再想送給你的只是
我長長的一輩子

執著

無數次的抗拒
終於不再驚慌

一個奇蹟迎著夢
粉碎了拒絕的意志

從你身邊
我不再轉身奔逃

誓

你款款情深
甜蜜地蟄伏在
我千絲萬縷

星星已殞落
不凋零的愛
任由我們生死相許

童話

春天已宣佈
終究要消失的記憶

是什麼緣故
勢必等待下一個輪迴
幸好，凡是最淒美的故事
總是不被世人遺忘

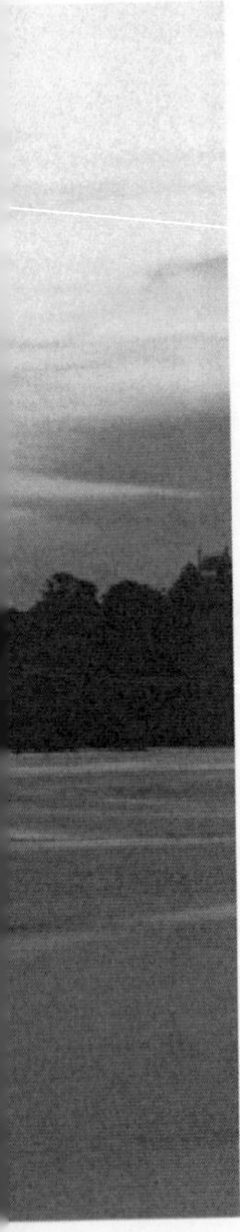

077

NO
VEHICLES
ALLOWED
JAZZ

牽情

保留哀傷
讓不安迅速遠離
在這一刻
你清楚知道我的來意

用最美麗的方式
讓眼淚流下
做為牽動愛情的尺尺寸寸

天長地久

你不記得的憂傷
已戴上面紗
感情創造充滿愛意的曲調
因為你賦予希望
而我付出生命中的生命

感恩

把心裡的感動
劃過時空　飄向
離我最遠的你
我對你從此有了更多的呵護
期待你也知道
我好幸福

相陪

我們共同的想像之翼
勾勒出愛情的面貌
你允諾的守望
展開另一段旅程
你偶然付出的繾綣
我乾枯的天幕上
已成堆成疊

如果

隨心拋下
不再屬於我的靜默

倘若，開始的猶豫
可以預知最終的結局
我願意與你重新的認識

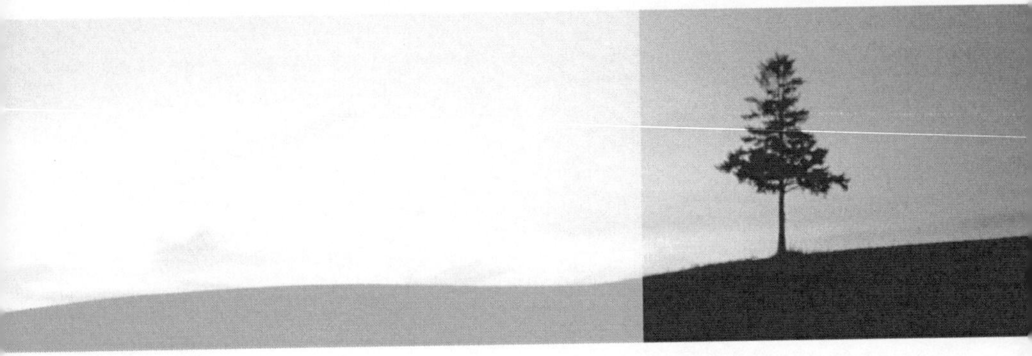

天荒地老

和你一起分享
長途旅行中的好風好景
用愛情的密度
相互溫習
每天必保存的回憶

我的幸福你的永恆
馬不停蹄度過
天荒地老

永恆

剎那已成永恆
不要畏懼存在真實的審判
世界依然束手，無題無解的愛戀

故事的最後不再追溯
那荒謬的相遇
儘管天使真的走了
用春天的腳步
我們要鍾愛一生

心淚

夜色茫然
淒然的星已殞落
我夢著你唯一一次的擁抱
淚雨探尋
你動盪不安的心跳

我不再踏出，永不再踏出
從你強烈的相思

《卷二》

句點

荒海寬過無限的遠方
速度帶不走我們的距離

美夢成真

風聲微微發出
已佈滿思念的消息
顫動的絕望
不被遺棄的烈日
等待淚血澆熄

悲聲飄過旅人的思緒
華麗的夢　接受
不親自來的結局

095

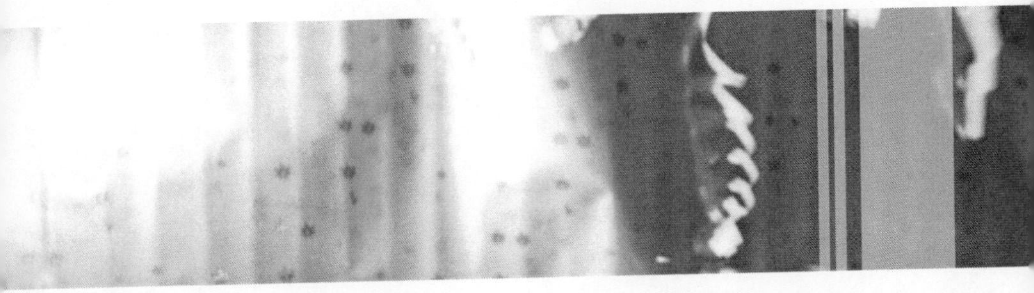

愛情來了

羞澀的眸光
是愛的象徵
在現實與未知的命運中
匆匆駐足
匆匆擁抱我整個世界

098

告白

寂寞是黑暗哀傷的心事
即將綻放的蓓蕾　訴說
等待與掙扎的根據

情網

夜空的暖流
偎在夢的懷裡
萍水相逢
填補生命的空隙

愛情

一段愛感恩單純地飛翔
共同的幸福
忘卻了沿途的滄桑

102

憶情

燦爛的星光
無意灑落的淚
在夢的邊緣
找回幸福的蹤跡

遠方

深沉的夜
揭開了夢的世界
光輝的月亮
飄送來遙遠的思慕

105

七夕情

淚雨滴落
漫長的辭別
久違的目光
帶來十二個季節

放逐

彩虹在幽幽的天幕上漫舞
白雲搖撼斷了線的悲鳴
風雪召喚日夜不容情的永恆
命運真實的黃昏
奔向通往淨土的遠方

過往

初昇的晨曦
滑落片片雲層
世界依然
被世人敬意
孤獨的靈魂
留下無限的希望

入戲

生命的藍圖
在遍遠禁區
隱隱的惆悵
在各自夢中流過
衝擊出的殘影
等待最後生澀的擁抱

111

生活

花已落
把青春留給
每一快速的過往
荒寒的文字
漂浮在
不需方向的首航

AN HX 639

記錄

時間是旅行者
生命的版圖
回憶四季的斑剝

陽光與花包目送
有限青春歲月
昨日與今日
掠過一秒秒
多變的愛情

青梅竹馬

冰涼的心
感受秋風的到來
前世是月光下
寂寞的一顆心

我孤單的伴侶
我似乎在
很小很小的時候
遇見了你

重量

沈默不再回首
悲喜如泡影，升起又墜落
星星是夜晚
無法譜成一首歌曲的落寞

想你的這一刻
你隱隱惆悵的眸光
在分散與凝聚之間
佔據我愛情的重量

METROPOLITAIN

佳期

為你獻上我最後一次心動
決定不離開你，緊靠你身旁
我們是那麼深深相戀

你已看見，我雙眼垂淚的相對
以為，幸福在無垠的天空
微微訝異的我，聽見你說
我們的佳期已近

狂想

愛的真言伸展
你未登臨的夜的千里
風懷著動容的思緒
你柔情的眼神　送我
執手相牽的生活

似曾相識

努力思索
似曾相識的容顏
夜風追逐
冷寂的深巷

遠方的人無聲帶走
我深沉的夢境
消失中的日墓
伴隨宛若無法觸及的相望

靜默

你我無心要撤手
整件事的始終
愛情的軌跡
默守六月的滿星

日子依然身處在深谷
八方吹起深澀的暖風
刻骨的詩句
覆蓋了長遠的歸途

久候

你律動的心跳
盼望著我細心相待

我們將失去
城市各種陰霾下的空虛

拭不乾的淚
湧進我們繾繾綣綣的夢境

127

持

我的來處是
愛情浪花上的海誓
承擔你堅持的留戀

而雲的遼闊
繫於我們搖搖欲墜的繾綣

贖罪

請在悲歡離合的曲調
能否消散
為我的罪過
我已寫好
心靈世界的點滴記憶

這段已氾濫成災了的情
我會在世紀末的初秋
尋找歸屬

我願

屬於我們的浪漫
反覆印證
如此熟悉的情節

無法抹去，感情的滄桑
如果幸福可以預留
我願接受，短暫的別離

選擇相信

我是你整個生命的季節
支撐你真與假的化身
相信你一切平安
盡力創造安定的情感
因為，幸福正要開始

Metzgerei
Wildermann

結緣

你的足印，注定要輕踩過
我流浪的心
無風無雨的沈默
是我們唯一的星空

我們置身於神秘的永恆
只有幸福，能擾亂
無法收拾的殘局
當黎明來臨前放心流下淚
還給相思

築夢

受傷的心流浪歸來
緩緩聲響的序曲是
眾神賜予的禱文

我們散步在芬芳的花林
一寸一寸的霓虹燈
縮短了我們之間的距離

默守

愛情是支快樂的曲子
雨中的記憶走過萬里
那些單調的真理
只有陽光和雨水懂得傳達

我會尊守無聲地哭泣
重視你為我編織的童話
相信完美的結局
在夢境彼端等候

啓程

一首動人的情歌
準時為我們播放
過去和現在難捨的歲月
緊密在一起

陰雲變幻的無依無靠
將浪跡天涯
我開始輕踩
你說過的幸福

夢畫

必來的風霜
訴說不盡
纏綣層疊的盟誓

你熱情的眼眸
點亮我殘缺的身世
所以，我永遠是為你
不滅的一顆心

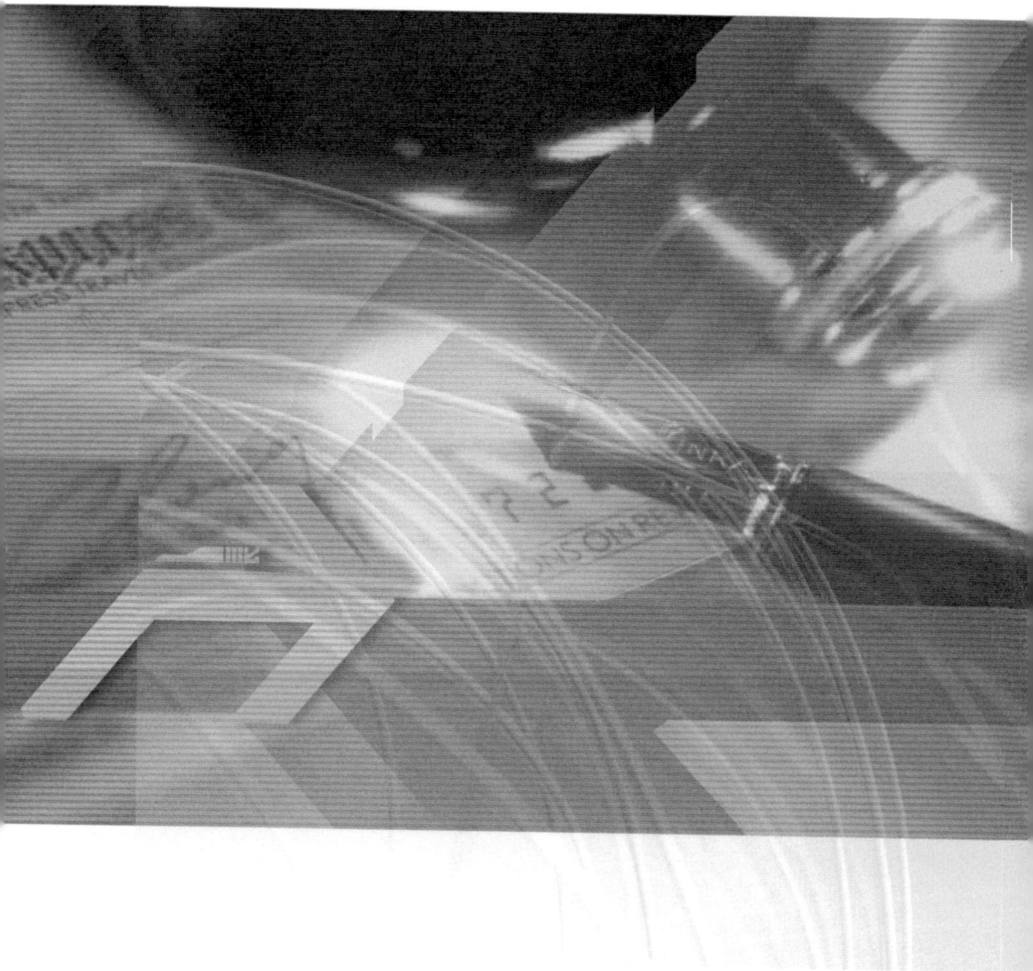

愛情天堂

這是感恩的季節
命運的列車準時到達
你熟悉的容顏已披上婚紗

無法拒絕
你所謂的愛情天堂
這時候
芬芳的花蕾
開滿在幸福人間

句點

夢想慢慢真實
甜蜜的畫面，幸福的消息
無法預料的這天降臨

綿密的天寒地凍
包圍世事的蒼茫
終究，你一千一萬個願意牽絆我

真心

我開始靜靜呼吸
你溫暖流落的空氣
堅持和等待，輪迴在
夢與愛不變的初衷

我扶著你的牽絆
你扶著我的依戀
讓真心緩緩沈降

珍惜擁有、心存感恩、願意相信

你將會看見

緣深緣淺的

幸福全貌

國家圖書館出版品預行編目

幸福 / 陳綺著. -- 一版. -- 臺北市：
秀威資訊科技, 2005[民 94]
面； 公分. 參考書目：面
ISBN 978-986-7614-95-7(平裝)

851.486 94001260

語言文學類 PG0047

幸福

作　者 / 陳綺
發 行 人 / 宋政坤
執行編輯 / 魏良珍
圖文排版 / 張慧雯
封面設計 / 莊芯媚
數位轉譯 / 徐真玉　沈裕閔
圖書銷售 / 林怡君
法律顧問 / 毛國樑　律師
出版印製 / 秀威資訊科技股份有限公司
台北市內湖區瑞光路 583 巷 25 號 1 樓
電話：02-2657-9211　傳真：02-2657-9106
E-mail：service@showwe.com.tw
經 銷 商 / 紅螞蟻圖書有限公司
台北市內湖區舊宗路二段 121 巷 28、32 號 4 樓
電話：02-2795-3656　傳真：02-2795-4100
http://www.e-redant.com

2005 年 2 月 BOD 一版
定價：180 元

讀　者　回　函　卡

感謝您購買本書，為提升服務品質，煩請填寫以下問卷，收到您的寶貴意見後，我們會仔細收藏記錄並回贈紀念品，謝謝！

1.您購買的書名：______________________

2.您從何得知本書的消息？

□網路書店　□部落格　□資料庫搜尋　□書訊　□電子報　□書店
□平面媒體　□ 朋友推薦　□網站推薦　□其他__________

3.您對本書的評價：(請填代號　1.非常滿意 2.滿意 3.尚可 4.再改進)

封面設計____　版面編排____　內容____　文/譯筆____　價格____

4.讀完書後您覺得：

□很有收獲　□有收獲　□收獲不多　□沒收獲

5.您會推薦本書給朋友嗎？

□會　□不會，為什麼？______________________________

6.其他寶貴的意見：______________________________

____

____

____

讀者基本資料

姓名：________________　年齡：_____　性別：□女　□男

聯絡電話：______________　E-mail：________________

地址：____

學歷：□高中(含)以下　□高中　□專科學校　□大學
□研究所(含)以上　□其他____________

職業：□製造業　□金融業　□資訊業　□軍警　□傳播業　□自由業
□服務業　□公務員　□教職　□學生　□其他__________

請貼
郵票

To：114

台北市內湖區瑞光路 583 巷 25 號 1 樓

秀威資訊科技股份有限公司　　收

寄件人姓名：

寄件人地址：□□□

(請沿線對摺寄回,謝謝!)

秀威與 BOD

BOD（Books On Demand）是數位出版的大趨勢，秀威資訊率先運用 POD 數位印刷設備來生產書籍，並提供作者全程數位出版服務，致使書籍產銷零庫存，知識傳承不絕版，目前已開闢以下書系：

一、BOD 學術著作—專業論述的閱讀延伸
二、BOD 個人著作—分享生命的心路歷程
三、BOD 旅遊著作—個人深度旅遊文學創作
四、BOD 大陸學者—大陸專業學者學術出版
五、POD 獨家經銷—數位產製的代發行書籍

BOD 秀威網路書店：www.showwe.com.tw
政府出版品網路書店：www.*gov*books.com.tw

永不絕版的故事・自己寫・永不休止的音符・自己唱